침대를 타고 달렸어

침대를 타고 달렸어

신현림 시집

민음의 시 154

민음사

自序

나는 침대를 타고 밤거리를 질주한다. 힘들 때면 어디든 날 수 있고, 건널 수 있다. 희망의 트럼펫을 불면 물고기도 나비도 내게 날아온다. 고단함도 슬픔도 뛰어넘게 하는 이것이 꿈이든 현실이든 뭐가 중요할까. 누구나 자기 꿈속에서 살다 가는 게 아닐까. 상상력과 판타지는 삶의 절망, 소외감, 혼란을 극복하려는 몸부림이다. 내 안에 갇히지 않고 침대를 타면 탈 수 있고, 물고기가 날면 나는 것이다. 그렇게 남과 우주까지 흘러가며 나누는 시의 축제를 나는 꿈꾸곤 했다.

내 안에 참 많은 사람들이 산다. 솔직함의 용기로 내 안의 내밀한 영혼들의 소리를 풀어내곤 했다. 시집 속의 화자는 나이고 당신이다. 처지 비슷한 동시대인들이다. 나약함과 깨어짐, 외로움과 그리움, 먹이 걱정과 상처와 상실감에 매여 사는 현대인들의 고뇌와 염원을 풀고 싶었다. 이는 가장 깊이 전해질 요소며, 누구라도 공감될 이야기라 믿는다. 누군가의 삶을 치유하듯, 부족한 나도 치유하며 삶이 바뀌는 것을 느낀다. 내 시로 사람들의 희망이, 사랑이, 사람다운 삶의 감정들이 되살아나면 좋겠다.
무엇에든 올인하게끔 끝없이 슬픔과 자극을 주셨던 어머니. 사랑하는 엄마의 무덤 위에 이 시집을 바친다.

2009년 여름
신현림

차례

自序

프롤로그

침대를 타고 달렸어 13
슬픔도 7분만 씹고 버려 14
백수의 나날 16
아름다운 손님이 찾아올 거야 17
난 지금밖에 없어 18
슬프고 외로우면 말해, 내가 웃겨 줄게 20

ㅣ 나를 잡아, 나를 놔

나를 잡아, 나를 놔 25
두 평 반 인생 27
내가 못 본 이야기를 해 봐요 28
쏠 테면 쏴, 쏴도 안 죽소 30
당신이 가까이 오면 32
The hole 33
침대를 타면 34
당신들이 사라진다 36

아이라이너가 번진지도 모르고　37

어머니의 장례식　38

엄마의 유언, 너도 사랑을 누려라　40

붕붕, 당신은 언제 올 거지?　42

봄날 하늘 물고기　44

비에 정드는 시간　45

애무 한 벌　46

묵정마을 정류소　48

II 내 슬픈 왕릉은 따뜻해

쓸쓸한 당신들이 사랑을 풀어 가는 방법에 대하여　53

아직도 가야 할 길　54

슬퍼하는 자는 깨달음이 있나니　55

때때로 외로움은 재앙이다　56

나약함에 대하여　57

슬픈 사람의 기도　58

고마워, 미안해, 용서해 줘, 사랑해　59

붉은 가방이 날아간다　60

시를 쓰는 밤　61

내 슬픈 왕릉은 따뜻해　62

　—죽은 자의 향기

　—세상에서 가장 행복한 일

　—연인이 생기면

— 서랍 하나

— 성(性), 마음이 나는 자리

아, 다시 헝그리 정신   65

그 강은 흐르네   66

III 포르투갈에서 주운 라디오

비밀스런 길 하나를 따라간다   71

실크로드에서 만난 돌풍   72

Where are you from?   74

열애의 감정을 솟게 만드는 대서양 앞에서   76

베이징의 밤   78

누란의 미녀   80

인도 순례기 1   82

인도 순례기 2   84

포르투갈에서 주운 라디오   85

서로를 그리워하는 마음은 가닿는다   86

이스탄불 거리에서   88

캄보디아에서 운 가슴   90

카자흐스탄 우스토베로 가는 길   92

— 술기운처럼 번지는 것

— 사랑하고 기억하고 슬퍼한다

프라하에서 길을 잃다   94

Ⅳ 당신을 가장 사랑하는 시간

당신을 가장 사랑하는 시간   97

당신이 나를 생각한다   98

재첩국   99

내가 그립다고 말해 줘   100

사과 맛 키스   102

그대 몸 달빛이 울면   103

당신이란 말   104

비누   105

향긋한 친밀감을 위하여   106

흰색 셔츠 한 장   108

Ⅴ 곧 잃어버릴 것들을 사랑하고

졸리고, 따뜻하고, 쓸쓸한 저녁에   111

곧 잃어버릴 것들을 사랑하고   112

마지막 통화   113

어머니의 푸른 반딧불   114

중환자실의 낮과 밤   116

코끼리 열쇠   117

불륜의 사랑, 믿지 마요   118

먼저 격려하고 축복하는 세상이 그리워   120

사랑으로 만든 건 망가지지 않는단다   122
꿈꾸는 행복   124
자, 멋진 시작이야   125

작품 해설 / 조연정
고백의 힘, 그리고 침대의 위무   127

프롤로그

침대를 타고 달렸어

누구나 꿈속에서 살다 가는 게 아닐까
누구나 자기 꿈속에서 앓다 가는 거
거미가 거미줄을 치듯
누에가 고치를 잣듯
포기 못할 꿈으로 아름다움을 얻는 거

슬프고, 아프지 않고
우리가 어찌 살았다 할 수 있을까
우리가 어찌 회오리 같은 인생을 알며
어찌 사랑의 비단을 얻고 사라질까

슬픔도 7분만 씹고 버려

거긴 어두워
해님 몇 개 더 보내 줄까
슬픔도 괴로움도 7분만 씹고 버려
이 썩고 속 썩으니 7분만 앓고 버려

시간을 놓치지 마 시간을 벌어야 돼
슬프고 추운 시간을 줄이고
흙내음 같은 흐뭇한 미소를 지어야지
7년 안에 석유 위기가 온대
7년이 7분처럼 금세 갈 거야
있으나 없으나 맨날 돈 걱정
이러다 죽기 전에 우리는 언제 행복할까
생활은 배처럼 흔들려도 흔들리진 마
안전한 곳은 어디에도 없어
마음이 안전벨트가 되어야지
안전벨트가 될 신앙과 환상이 필요해

나는 회의주의자지만 삶은 아름다워
슬프고 가난할수록 꿈의 트럼펫을 불며 가야지

14

너무 늦었어, 너무 나이를 먹었어
쉽게 선을 긋는 말을 버려
감각의 종이란 종 다 울리고
좀 더 다르게 살기를 바라야지
배우고, 보고, 느낄 것들이 많아

거긴 캄캄해
해님 다섯 개 더 보내 줄까
슬픔도 괴로움도 7분만 씹고 버려
이 썩고 속 썩으니 7분만 앓고 버려
앓다 쓰러질 시간도 7분만
7분도 7년처럼
용광로같이 살고 사랑할
네가 그, 리, 워.

백수의 나날

외로움에 찌든 쓴 물을 마시고
잉여 인간이란 슬픈 깨달음 속에
향기 없는 나날에 몸부림쳐도
내 소망 비춘 달이란 달
사랑의 외투란 외투 나를 감쌀 수도 없이
까마득한 구덩이 속으로 처박힌
나의 계급은 신빈곤층
나의 부양가족은 어린 딸과 우울의 늑대
나의 습관은 만성적인 절망과 희망의 시소 타기

말라 가는 나뭇잎 같은 존재로 사는 일에
진저리가 나 시퍼런 구역질이 나
가슴에 번개를 내리고 상처의 비석을 부수고
다시 독하게 세상과 맞짱을 떠 보시지
인생의 독이란 독 다 토해 보시지
광활한 고독의 젖가슴 위에서
모든 것 걸고 탐구하고, 펄펄 살아나 보시지
미치도록 생존의 얼음장을 깨 보시지
미치도록 쩌엉, 쩡
미치도록 **쩡**

아름다운 손님이 찾아올 거야

어떻게 하면 내가 무겁지 않고 매일이 지겹지 않을까
어떻게 하면 슬픔이 멈추고 기쁜 술이 흐를까
눈보라 치고 해가 뜨면 만족할 수 있을까
내 마음에 다른 철길이 놓이면 인생이 바뀔까
더 이상 달라지지 않아도 여기에 있어야 할까

내 얼굴이 사막을 닮아 간다
여린 살도 모래알같이 부서지리
여기마저 텅 비면 견디기 힘들리라
문은 열려 있다 누구라도 오길 기다린다
사막에 파묻힌 종소리 파묻혀도 들리는 종소리
거의 슬픔 가득한 정념이었다
슬프지 않으면 바람이 불지 않고
슬프지 않으면 영혼이 불어닥치지 않는다

곧 눈보라가 칠 거야
아름다운 손님이 찾아올 거야
아름다운 나날이 이어질 거야

난 지금밖에 없어

인간은 우주의 광대한 힘에 의해 살아가고 있다.
그 힘에 눈을 뜨면 누구나 행복해진다.
— 에머슨

1

지난 11년은 글빚 갚으며 딸과 살아남으려 애쓴 시간이었다
먹구름 가득한 인연의 터널을 빠져나와
소송과 우울의 오랏줄이 점점 풀리는 걸 느낀다
긴 세월 바보라서 더 고단했던 나
서글픈 삶의 뱃고동 소리를 괴로움 없이 바라본다
계곡물처럼 시원한 미소를 지으며
4년간 여행하며 되뇐 주문을 다시 읊는다
"바보는 방황하고, 현명한 자는 여행을 떠난다"고

그래, 가산 탕진을 하라지, 나중이란 없다
노숙자가 되라지, 나중이란 없다
다시 죽어라 일하면 돼, 나중이란 없다
지금 달라지지 않으면 안 돼, 나중이란 없다
지금의 3년이 30년을 좌우하지, 나중이란 없다

꽃집처럼 화사한 내일은
오늘을 어찌 쓰느냐에 달렸어, 나중이란 없다

2

인생을 비관했으나 여행하며 세상 모든 게 좋아졌다
인생의 짐이 무겁고 가벼운 건 마음 문제라
한 겹 더 외로움을 껴입고 발걸음은 사뿐 내딛는다
팀벌레이크의 섹시백이나 미카의 러브투데이를 흥얼거
리다
영혼에 눈뜨려 책과 강과 바람을 가득 마신다

우주의 광대함에 눈뜨려 애쓰면 가슴이 파도친다
우주의 광대함에 눈뜨고 이 순간 온 기쁨 만끽하기
나누는 마음 찾기, 물처럼 흘러가기
돌에 부딪혀도, 갯벌 오가도 같은 물이듯 평상심 지키기
나머지는 신의 손길에 맡기기

우주의 광대함에 눈뜨려 다시 노래한다
나중이란 없다, 난 지금밖에 없다고

슬프고 외로우면 말해, 내가 웃겨 줄게

엄마, 화나고 슬프고 외로우면 나한테 말해.
내가 도와줄게 내가 웃겨 줄게 내가 얼마나 웃기는데.
—— 딸 서윤이 일기

너를 안으면 다시 인생을 사는 느낌이다

네 눈빛 어두운 내 안의 우물을 비추고
네 손길 스치는 것마다 향기로운 구절초를 드리우고
네 입술 내 뺨에 닿으면 와인 마시듯 조용히 취해 간다

네 목소리 내 살아온 세월 뒤흔들고
생생한 기운 퍼뜨릴 때

고향집 담장 위를 달리던 푸른 도마뱀이 어른거리고
달큰한 사과 냄새, 앞마당 흰 백합,
소금처럼 흩날리는
흰 아카시아 꽃잎 눈이 멀도록 아름다워
아아아, 소리치며 아무 걱정 없던
추억의 시간이 돌아와 메아리친다

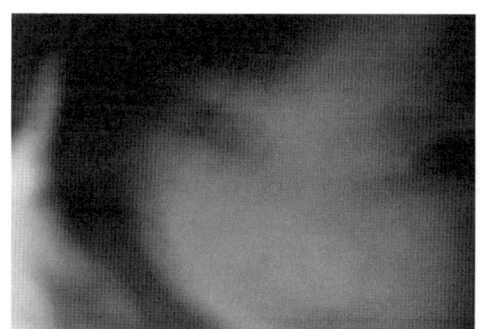

2008. 서울

I

나를 잡아, 나를 놔

나를 잡아, 나를 놔

사는 게 별거겠니
추억하며 잊어 가는 일
죽고 싶다가 살고 싶은 일
감정의 시소 타며 하늘 보는 일
사는 데 가장 큰 고통은 욕망이야

나를 안아 줘
안전벨트처럼 안아 줘
불안한 술잔처럼 기울지 않게
돈 걱정과 죽음에 짓눌리지 않게
나를 잡아, 나를 놔
자, 우린 일하고 깨치며 가야지
네 입과 내 입에 사랑의 떡을 처넣고
입 깊숙이 슬픔 들끓게 내버려 두고
쌀과 물을 사람들과 나누고
오늘은 다르게 살기 위한 시도잖니

이 도시만큼 괜찮은 무덤도 없을 거야
너만큼 편안한 수갑도 없을 거야

네 안에 있으니 따뜻해졌어
날 조이지 마 나한테 매달리지 마
그렇다고 날 떠나면 되겠니
나를 잡아, 나를 놔
나를 잡아

두 평 반 인생

숨을 제대로 못 쉬는데 나는 살아 있어
고개를 돌려 울고 있는데
내 입술만 한 목련이 핀 거야
단풍이 지고 흰 설탕 같은 눈이 날리는 거야
이 가슴 뭉클한 풍경이
여기 사는 고통의 보람이야
자살을 준비하며 이 세상 마지막 풍경을 보듯
마음은 훨훨 날아오르지

내 무거운 등짐 좀 풀어 줘
항상 놓치고 마는 내 손 좀 잡아 줘
함께 죽어 갈 사람은 오지 않고
둘러보면 흔들리는 것뿐
나는 숨도 못 쉬고 있으니
세월을 묻지 마 나이도 묻지 마
세상 위해 뭘 했느냐고 묻지 마
공기만 더럽힌다고 욕하지 마
더 이상 참기 힘든 나를
깨부수는 나를 볼 테니

내가 못 본 이야기를 해 봐요

내가 못 본 이야기를 해 봐요
모르는 사연, 모르는 음악을
막 씻은 야채처럼 신선한 말을
하늘 아래 새로운 것 없나니
성경 말씀처럼 다 어디선가 들은 소리
어디선가 본 사람 언젠가 본 이미지

앤디 워홀이 말했죠
"돈이 되는 건 모두 예술"이라고
돈이 안 되면 예술도 쓰레기가 되고
안 팔리는 책이 재활용 종이로 돌아가면 다행인가요?
나는 얼마죠?
당신은 얼마면 사나요?

돈이 많으면 쉬 늙고, 돈 없으면 없는 대로
인생이 간단하단 사실을 생각해 봐요
다들 돈의 감옥, 권태의 감옥으로
찰칵, 찰칵, 찰칵
스스로를 가두는 이기적인 힘에 끌려가죠
찰랑, 찰랑, 찰랑

무슨 일이든 감정의 물결이 일어나야만 해요
돌아 버리겠어요
주기보다 가진 것을 더 많이 떠드는 세상살이
뻔한 인생살이가 지루해서 돌아가시겠어요

무라카미 류의 『69』에서 나왔죠
"상상력은 권력을 쟁탈한다"고
이 시대에 딱 맞는 얘기죠
돌들이 사랑 넘치는 빵이 되거나
황사 대신 향기로운 장미꽃잎들이 불어오거나
전쟁터에 쏟아진 포탄이 빼빼로 과자거나

말랑말랑한 사랑의 상상력이 그리워요
가지려고만 드는 세상에서
남 주고, 나누고, 보살피는 손들이 그립고
사랑 넘칠 나 자신이 그리워요

쏠 테면 쏴, 쏴도 안 죽소

스마트, 소프트, 토마호크, 데이지 커터……
이게 뭔지 아오? 장난감, 아이스크림 이름이 아니오
미국이 바그다드에 퍼붓던 미사일 폭탄 이름이오
지하벙커 폭탄, 열압력 폭탄, 공중폭발 대형 폭탄
폭탄은 상상력과 인격의 포기요
전쟁도 장사인 세상, 다 먹고살자는 짓인 줄은 아오
남의 죽음과 절망과 고통으로 밥 먹는 이들에게
죄의식의 오아시스가 보일지 궁금하오
보스니아, 남아공, 이스라엘과 아랍 전쟁과 테러 그 잔혹함은
아주 가까이 있소, 나와 당신, 우리 마음에 다 있소

폐허 냄새 가득 안고 우리는 어디로 가는 거요
낭떠러지로 가는
몸은 갈가리 찢어지는 육포처럼 슬프오
침대에 쓰러진 지친 몸을 보오
실뭉치같이 부드러운 해를 안고 나는 꿈꾸었소
흩어질 손을 하나로 뭉쳐 줄 혁명가를 기다렸소

그 혁명가는 마음 안에 있었소

내가 변해야 세상도 변하는 혁명이오
연민과 기도로 숨 쉬며 사는 수밖에 없소
서로에 대한 연민이야말로
내일의 문을 여는 최고의 가능성이오

당신 가슴속에 갈매기가 날으오
어둔 바다를 말아 올리는 갈매기가
연민의 갈매기가

당신이 가까이 오면

당신이 가까이 오면 왜 눈물이 날까

바람이 불면 어디론가 사라질 것 같고
비가 내리면 비누처럼 쉽게 녹을 것 같아
어두워지면 나를 못 찾을까 조바심치고
일이 고되고 고되면
당신 어깨가 언덕같이 굽어질까 걱정되고
날이 흐리면 당신이 안 보일까 내가 헤맨다

정처 없이 헤맬 때
가까이 오는 당신
북처럼 둥둥 울리는
당신 모든 슬픔 끌어안는다

The hole

인생은 추워서 어디로 흘러가든
감기약만 한 구멍 만드는 일이 중요해

세상에 내민 열한 장의 너의 이력서가
아무 구멍이 되지 못한 날
낡은 옷장에 서랍 하나 부서지고
낡은 통장에 남은 돈이 텅 빈 날에
함께 가는 길이 바다야
도시까지 밀려든 바다를 끼고 좌회전하니
해장국처럼 뜨거운 노을이 지고 있어

먼 길 지루한 길 무모한 길
자꾸 헛바퀴 도는 길목에서
모든 시름 녹아들게
네 몸에 구멍을 만들고 싶어
뜨거운 달덩이가 뜨도록
구멍에 머릴 파묻고 울고 싶어

침대를 타면

침대를 타고 나는 달렸어 밤 도시를 돌고 돌았지
팽이가 돌듯 머리 돌 일로 꽉 찬
슬픈 인생을 돌았어

내가 태어나 사랑하고 죽어 갈 이 침대
다 잃고 다 떠나도
단 하나 내 것처럼 남을 침대
결국 관짝이 될 침대
몸의 일부인 침대를 타고 달리면
물고기와 흰나비 떼들이 날고
슬픔까지 눈보라같이 날아

내일은 좋은 일만 생길 것 같고
세상 끝까지 갈 힘을 얻지
몸은 꽃잎으로 가득한 유리병같이
투명하게 맑아져 다시 태어나는 나를 봐

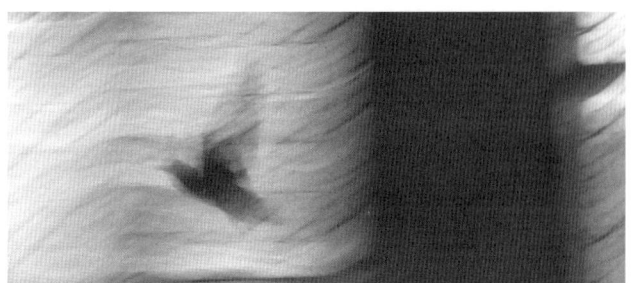

2007. 인도 바라나시 카비르 사원

당신들이 사라진다

아하, 벌써 여름이야 저기, 패랭이꽃 좀 봐
팽이같이 얼굴이 막 돌아가네 기뻐 울면서 돌아가네
살아 있는 건 신비로워 아하, 아카시아 냄새
새소리 들어 봐 귓속으로 강이 흘러오네
하늘은 해를 통째로 푸딩처럼 내 입에 흘려 넣네
바람은 야생마, 미끈하게 나를 치고 가지
나는 춤을 추지 등에 올라탄 야생초와 노래하지
신비로워 사는 건 신비로워 아하, 아하

옛 시절은 모래 바다와 섞이고
폭력의 시대가 어질어질 불을 피우누나
나는 사자처럼 수염 난 들판인데 말이야 조만간
내 푸른 몸을 시멘트가 깔고 뭉갤 거야

트랄랄라 트랄랄랄라, 숲 속 친구들과 부른 노래
지배가 없는 노래 모두가 왕인 노래, 트랄랄라
그냥 자연스럽게 흘러나오는 노래, 트랄랄라
피아노 뚜껑을 닫듯이 우리 숨통을 덮고 말겠지
검은 눈물을 흘리며 세상이 망해 가는 걸 모르겠니
알아도 모른 척해도 되는 거니

아이라이너가 번진지도 모르고

아이라이너가 번진지도 모르고
바람 속에 떠다니는 쓸쓸한 얼굴들이
이토록 많은 줄도 모르고

1년 넘게 의식불명이신 어머니
사랑해, 라고 외쳐도 못 듣는 어머니 때문일까
그리워, 라고 불러도 오지 않는 님 때문일까
낙엽같이 가벼워지는 통장 때문일까
생크림 한 조각처럼 금세 사라질 세월 때문일까
우울한 몸이
부서질 듯 바람만 들어차서일까

자꾸 눈물이 잉크처럼 번진다

어머니의 장례식

엄마를 입관시킬 때 난 죄수처럼 고개를 떨궜지
엄마를 탈관시켜 땅에 묻을 때 나도 곁에 눕고 싶었어
땅을 굳힐 석회 가루가 흰나비 떼가 되도록
나비 떼가 하얗게 엄마 몸을 덮도록 울었어
비탄의 흙바람 속에서 사무치게 아버지가 울고

헤어지지 않는 부부의 정은
저토록 무섭고 아름다운 흐느낌인 줄 이제 알았고
결혼식은 못 가도 장례식은 가야 사람인 줄 이제 알았어
나의 형제는 엄마께 띄우는 이별 편지를 읊고

하늘이 무너졌는데 화 안 나? 화 안 나? 화 안 나느냐 물으며
후배는 아빠 죽고 화가 나 꿈에서 차를 부수고 다녔다지
나는 히스테리컬한 머리칼 날리며 침대 타고 달렸다

인생은 애처로운 신음 소리만 흘리다가 꺼져 버리는 일
인생은 핑그르르 팽이 돌듯
눈이 돌아가는 괴로운 시간을 견디는 일

몸이 뭘까 몸의 있음과 없음이 뭘까
만지고 부비고 바라보고 싶은 그리움은 어떻게 견딜까

인생은 플래시 터지듯 잠시 번쩍이는 것인데
살아도 살아도 그리운 골짜기는 깊고 넓어만 간다
정든 엄마, 정든 사람 못 보는 슬픔은 터져 비가 내린다
달리는 침대에 바람이 불고 먼지가 쌓인다
침대에 슬픔 가득 싣고 무덤을 향해 나는 운다

2008. 의왕

엄마의 유언, 너도 사랑을 누려라

"딸아, 너도 사랑을 누려라."

엄마가 쓰러지기 전에 하신 이 말씀이 유언이 될 줄 몰랐다
누구든 언제 사라질지 모르니 사랑을 누려라
일만 하지 말고, 열애의 심장을 가져라
누구나 마음속엔 심리 치료사가 있단다
심리 치료사가 바로 사랑이다
많은 것을 낫게 하고 견디게 하고
흩날리고 사라지는 삶을 위로하고 치료한다

"딸아, 너도 사랑을 누려라."
사랑 안에서 고양이 같은 민감한 지혜를 배우고
타인을 위해 나 자신 내려놓는 법을 익히고 즐거워하라
웃음 샴페인을 터뜨리고 인생 신비의 동굴을 찾고
눈, 비, 빛과 바람…… 셀 수 없이 많은 축복을 누려라
살아 있는 최고의 희열감에 젖고, 그 느낌을 메모하렴
메모라도 안 하면 그날은 없다 아무것도 없다

인생의 회전목마는

성공과 명성의 기둥을 도는 듯하지만 수천만 원 지폐나
명품이 아니라 만지고 보여진 즐거움만이 아니라
사람은 사랑으로 강해지고 사랑의 능력 속에서 커 간다
혼자 살 수 없는 우리는 사랑으로 특별한 사람이 된다

바다가 배를 만나 너울거리듯
사내와 여인이 만나 아이를 낳고
폐허를 다시 세워 사람을 부르고
마음이 마음에게 전하는
영혼이 영혼에게 전하는
따뜻한 배려의 말로 힘겨운 나날을 견디는 인생
함께 있는 장소를 가장 아름다운 장소로 만들고
함께 있어 가장 평온한 들판이 되어 주어라
이 세상에 당연한 건 하나도 없고
같은 순간은 다시 돌아오지 않는단다
다시 못 만날 때를 생각하며 사랑해라
영영 다시 못 만날 때가 오니 깊이 사랑해라

"딸아, 너도 사랑을 누려라."

붕붕, 당신은 언제 올 거지?

당신이 언제 올지, 어디서 올지 모른다
붕붕 오토바이를 타고
붕붕 벌같이 하늘을 날아서 올지

거칠게 흐르는 바람 속에서 내게 올 당신을 상상한다
어떤 모습일까 어떤 목소리일까 어떤 비바람 몰아치는 날
끌어안고 그동안의 설움을 토하며 엉망진창으로 뒹굴겠지
저마다 1.3평방미터의 피부는
어루만져 달라고 아우성치는 구멍들로 가득하대
조갯살같이 엷고 바다같이 매끄러운 사람의 피부란 게
두루마리 휴지처럼 엠보싱 안 된 게 다행이라 농담하며
나는 당신의 아름다운 비석이 되려고 돌덩이처럼 눕겠지
당신의 따뜻할 감촉을 기다리며 추운 겨울밤을 보낸다

붕붕 오토바이를 타는 소리
붕붕 사람들이 길 위를 떠다니고
부릉부릉 사람들이 사랑의 엔진을 돌리는 밤

인생의 가장 큰 비밀과 최대 선물은

비슷한 성향의 두 사람이 만나는 거래
당신이 언제 어떻게 올지 몰라
하늘 높이 흔드는 내 손

봄날 하늘 물고기

겨자색 꽃망울 터뜨리는 산수유를 보니 목이 맵니다.
지금이 아니면 맛볼 수 없는 감동이죠.
죽을 때 진정 하고 싶은 일로서 행복했노라,
참 많이 사랑했노라 말하면 좋겠어요.

쉬었다 가시라고 꽃그늘 아래 침대를 놔두었어요.
혹시나 다시 못 만날 날을 생각하며
희미하게라도 웃음을 남겨 주세요.

침대에 푸른 잎사귀와 꽃이 피고
열매가 자라면 당신을 바라본 기쁨만큼
우리의 정도 깊어지겠죠.

봄날에 잡힌 물고기는
저 먼 겨울 하늘까지 헤엄치고
길과 길마다
벚꽃잎 춤추며 날아갑니다.

비에 정드는 시간

와인 같은 저녁 비가 오시네요
제 팔이 고무줄처럼 늘어난다면
그대 있는 먼 곳까지 커피를 타 드리고 싶군요

바지락 얹어 손수제비를 해 드리면
수제비가 섬처럼 이쁘다 흐뭇해하실 때
제 팔이 잉어가 되어 달콤한 노래 들려주면 힘이 나시겠죠

비가 오시니 마음까지 불을 때야겠어요
우리는 나약해서 불이라도 안 때고
커피라도 안 마시면 더욱 쓸쓸해집니다

산도르 마라이의 멋진 소설 『열정』을 읽다가
우리를 이어 주는 열정은 이 비 냄새라 생각했어요
비에 정들듯 어서 그대와 정들면 좋겠어요

애무 한 벌

더 가까이 가고픈 마음이
빨간 석탄이면
우리의 담장이 무너져도 괜찮겠죠
뭘 해도 망가질 듯한 두려움 잊고
달고나같이 엉겨 붙어 하나가 되어도 좋겠죠

바닷바람처럼 거친 숨결 사방에 메아리치니
숲과 집이 되살아나고 거대한 나팔꽃 해가 피어나고
샘솟는 빛이 보입니다
육신의 무명천을 천천히 찢어 가는 쾌감 속에
바다와 흙을 반죽하여
새롭게 몸을 지어 삶을 바꿔 주시는군요

당신 몸이 내 곁에 계시니 안정감을 줍니다
함께하는 한 잃어버릴 시간은 없습니다
살아 있는 기쁨, 처음의 깨우침,
당신이 주신 이 따뜻한
애무 한 벌

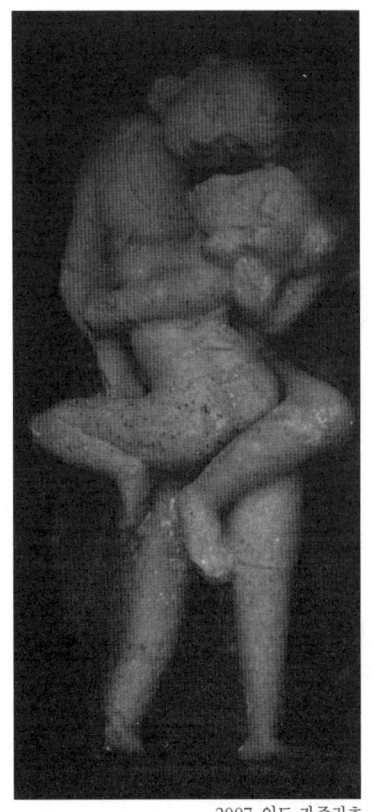

2007. 인도 카주라호

묵정마을 정류소

묵정마을 정류소에서 나는 멈춰 섰다
겹겹이 층을 이룬 광고 벽보
검게 곰팡이까지 핀 모습은 지워지기 싫어 애쓰다
폐선처럼 서럽고 불안하게 내려앉았다
기억이란 게 바로 이 모습 아닐까
새 기억으로 덧발라도 온전히 지울 수 없는 옛 기억

무수한 시간 앞에서 기억의 힘은 얼마나 허망한가
허망함의 이미지는
반가워서 어쩔 줄 모르는 눈빛처럼 강렬했다

다들 껴안고 살지 않으면 안 되듯이
외로운 것들끼리 부대껴 눈물범벅으로
그렇게 겹치고 겹치면서
벽보들은 오랫동안 끌어안고 있었다

2002. 전남 부안 묵정마을

Ⅱ

내 슬픈 왕릉은 따뜻해

쓸쓸한 당신들이 사랑을 풀어 가는 방법에 대하여

어떻게 사랑하세요? 그냥 잊고 살아요

어떻게 사랑하세요? 촛불이 잘 켜지지 않아요

어떻게 사랑하세요? 우물처럼 깊은 슬픔과 엉킨 꿈으로요

어떻게 사랑하세요? 두 사람과 만나죠

　　　　　한 사람에게 못 채운 갈망은 다른 이한테 얻죠

어떻게 사랑하세요? 결혼을 떠난 평생의 반려자랑요

어떻게 사랑하세요? 다 귀찮아요

어떻게 사랑하세요? 나만의 은밀한 자위행위로요

어떻게 사랑하세요? 사랑도 힘든데, 섹스는 더 힘들어요

어떻게 사랑하세요? 노코멘트예요

어떻게 사랑하세요? 저는 이곳에 없어요

아직도 가야 할 길

누구나 신경증과 성격장애의 요소가 있다.
신경증은 모두 자기 탓으로 돌려 자신을 들볶고
성격장애는 세상 탓, 남 탓으로 돌려 주변 사람을 들볶는다.
— 스캇펙 박사

나 자신이 싫어 신경증의 메아리에 휩싸이면 어찌하나요
삶이 고맙다가도 돌처럼 한강에 던져 버리고 싶을 때는
외투와 가방, 머리카락과 팔다리가 무거워 무덤 속에 산
채로 넣고 싶거나
변하는 관계, 유통기한의 세계가 낯설어 적응 못하는 나
지루한 삶을 못 바꾸는 내가 싫어 몸에 불 지르고 싶거나
먹고사는 일이 힘들어 술기운처럼 번지는 노을 속으로
푸욱 꺼졌음 좋겠어요
절망 속의 씨앗도 못 보고 탄식하는 내가 싫어

아아~ 비명을 지르다가도
동화처럼 해피엔딩으로 삶을 끝내려는 갈망 속에
꽃잎에 나를 띄워 풍랑 이는 바다를 가죠
천천히 미쳐 가요 미치도록 사랑하는 인생이라
가슴속에서 놋주발 울리고, 비명을 지르고 맙니다
아아아아아아~

슬퍼하는 자는 깨달음이 있나니

상처가 깊어 어둔 강바닥에 사는 듯하오
상처 준 이가 나같이 추운 감방에서 고통받는 걸 상상했소
젤리처럼 떨며 미워하는 나 자신에 놀라 더 괴로웠소
영성책들을 샘물 마시듯 살았어도 이런 내가 슬펐소
냉담자인 나는 오랜만에 성당을 찾아
마음을 신발처럼 낮은 땅에 내려놓았소

— 슬퍼하는 자는 복이 있나니
— 평화를 이루는 자는 복이 있나니
"은총의 세계로 오신 걸 축하합니다"

미사 끝에 신세대 신부님께서 파이팅!을 외치니
신도들도 함께 외쳤소. 자신과 세상 사람들을 위해
"파이팅!"
꽝꽝 언 밥이 따뜻한 수프로 바뀌듯
마음에 사랑과 연민의 물안개가 드리웠소

게으르면 기도의 힘이 축 늘어진 거미줄이나
이제 누구를 위해서든 기도할 수 있소
함께 슬퍼하는 분의 노래로 기도하겠소

때때로 외로움은 재앙이다

그녀는 예쁜 아이를 보자 아이를 낳고 싶었고
영양 돌솥밥이란 말을 듣자 배가 고팠고
들꽃미남을 보자 슬몃 빨간 석탄 가슴이 되었다

그녀가 아주 평범한 기적을 원해, 라고 쓰자
함께 있어 행복한 기적의 모습들이 몰려왔다
실이 꿰어진 바늘, 케이크 위의 촛불, 아침 테이블 위 국
화꽃, 난로 속 활활 타는 석탄 왼쪽과 오른쪽, 어둠 속에
핀 보름달, 북과 북채, 돼지 저금통 안에 만나 같은 동전들,
붉은 땅과 나무, 숨결 위의 숨결, 몸 위의 몸, 바위 위의 이
끼, 흰 쌀밥 위 파란 강낭콩……
둘이라는 게 얼마나 따뜻한 건지 알기에
다 써 버린 치약 튜브처럼 스산한 그녀
누군가를 그리워하는 마음만큼은 절실했다

때때로 외로움은 재앙이다
견딜 수 없이 쓸쓸한 날
소리 없이 운 눈물로
그녀의 모시 속옷은
구멍이 다 나 버렸다

나약함에 대하여

자네는 거절당하는 고통을 아나
대답 없는 사람과 편지, 되돌아온 물건
내 이름 없는 합격자 명단, 아무도 안 보는 광고문
아무도 안 앉는 낡은 의자처럼
한때 내 삶은 거부당할까 두려움에 휩싸였네
어쩜 평생일지 몰라

거부당한 기분은 가장 괴롭다네
빨리 지나고픈 민둥산의 풍경이지
육체 자루에 비바람 치는 일

생각날까, 내가 전화할까 겁나
상대 전화번호 삭제하네
비로소 그 존재가 지워지고
마음은 잔잔한 겨울 들녘이네

이토록 나약해서 모질어 가는 사람이
바로 자네고 나일세

슬픈 사람의 기도

참으로 힘든 나날을 보냅니다
우울과 자학의 그물에 걸려
지렁이처럼 작아져 몸부림칩니다
답답한 삶을 바꿀 힘도 다 빠진 채
눈만 흠뻑 젖어 석양빛으로 물듭니다
겸손히 굽어질 대로 굽어진 채로
흙가슴 뿌리는 슬픈 땅속 깊이 파헤쳐 내리고
시선은 아늑한 사랑의 바다를 그리워합니다
나의 허물과 나의 고통과 나의 꿈을
종이배처럼 띄우고 사무치게 울 때

나를 일으켜 세우며
당신은 싸락눈처럼
내 안에서 웁니다

고마워, 미안해, 용서해 줘, 사랑해*

다툼과 이별을 슬퍼 말고 자신을 비워 봐요
이메일 주소를 지우면 그 사람 존재가 지워지나요
핸드폰 번호를 지우면 돌풍같이 사라지나요
저마다의 가슴은 스크린 같아서
사람들은 이모티콘처럼 아이콘처럼 살다 가지요
수신거부, 스팸처리 그것도 놓아 버려요
모두 내 탓이라 여기면
빈 마음에 붉고 넉넉한 바람이 붑니다

상처 받지 않으려고 서로 상처를 주고
거친 말이 오가면 그 인연 잠시 끊어 줘야 합니다
사람 사이 푹 빠졌다 시들해지고, 멀어졌다 이어지고
또 다른 스크린으로 오가는 되풀이가 삶이라도
대나무 속같이 자신을 비워 봐요
"고마워, 미안해, 용서해 줘, 사랑해"라고 되뇌어 봐요
신의 숨결이 담긴
이 세상 가장 아름다운 말들을

* 휴렌의 『호오포노포노의 지혜』에서.

붉은 가방이 날아간다

석류처럼 빨간 해를 보며 자전거를 타고 달리는 저녁
푸른 실같이 날리는 바람 속에서
내 좋아하는 서태지 「하여가」가 떠올랐다
힘겨운 시간들이 널널하게 돌아가고
헤어진 친구들도 정화수같이 맑게 보였다
잘 살아라, 부디 잘 살아. 슬픔도, 미움도 없이
다 사라진 듯 멀리 물안개만 피어올랐다

담배맛같이 쓰고 아린 것이 허망함일까
배운 게 그득한 창고인데 텅 비어 아는 게 없고
알아도 다 잊었고, 인생이 뭔지 몰라 애써 구하다
황량한 고원을 넘고 있다

다 내놓고 가야 할 것들이다
추억이란 가방, 심장이란 가방,
상실과 이별의 기차를 탈 운명을 인정하니
뜨거운 내 커피 속으로 흰 눈이 내린다
상처 난 가슴엔 포도주가 흘러들고
기억을 흔들 때마다 붉은 가방이 날아간다

시를 쓰는 밤

시를 쓰면 나는 다른 사람이 되고 누군가의 마음을 움직일지 모른다 내 안에 사는 많은 사람들이 중얼거린다 보이지 않던 것이 보이고 들리지 않던 소리가 들리고 소리에 밴 향기를 느낀다 시를 쓰면 시어들이 나를 밀어내며 끌어당긴다 왕릉의 빛을 받고 투명해지는 손, 손 닿는 물건마다 빛이 나듯이 물방울같이 투명해진 마음이 닿으면 책과 의자도 창밖 건물도 부드럽게 움직인다 참았던 비명도 쓸쓸함도 터져 바람 속에 기도 속에 녹아내린다

시를 읽거나 쓴다는 건 살얼음판 세상에 사랑 하나 심고 침대 위에 사과꽃 무성히 피어 내는 일이니 두 번 살수 없는 생을 시로써 수없이 고쳐 가며 겸손히 다시 사는 고마움이니 인생을 비로소 누린다는 기분이니 깊은 어둠와인처럼 마시는 시간 침대 타고 달리는 시간 빛의 왕릉이내 집이 되는 시간

내 슬픈 왕릉은 따뜻해

죽은 자의 향기

내가 시체 같다고 느껴졌어
폐품같이 버려졌다고
어떻게 하면 불행한 기분이 사라질까
마음의 은거울이 깨질 듯 하늘만 환하다
모두 해를 향한 속도에 취해 달릴 때
나는 죽은 자의 향기에 취해 눕지
에디트 피아프나 김광석은
갈매기가 서해안과 태평양을 오가는 정도가
생사의 거리라 읊는 것 같아
그 어느 것도 심각할 것 없다는 듯

세상에서 가장 행복한 일

사랑하는 님 곁에서
온 감각의 바다에 전율하고

그 바다에 흘러드는
슬픔과 아픔까지
이 세상 모든 아름다운 강을
마시는 일임을 잊지 않을게

연인이 생기면

제일 먼저 달고나집, 붕어빵집, 오뎅집을 가고 싶다
커서 못 먹은 라면땅, 쫀드기 같은 불량 식품 함께 먹으며
길표 카페에서 흐르는 척 베리 노래를 듣고 싶다
마음엔 신기루가 나타나 하얗게 일렁거리고
다리는 도토리묵처럼 후들거리겠지
흐음,
걷다가 넘어져도 즐거웁겠다

서랍 하나

서랍엔 아주 따뜻하고 근사한 구름이 누워 있다
수줍은 웃음을 피워 내면서
흐음, 당신이었다

내 마음속에 생길 당신 서랍 하나

성(性), 마음이 나는 자리

몸을 받아들이는 게 사랑이고
성(性)은 마음이 나는 자리래
천천히 따뜻이 정드는 자리
거대한 양말을 짜듯 긴 정념의 굴을 파다 보면
님의 환한 영혼까지 보일까
님의 슬픔까지 엮다 보면

아, 다시 헝그리 정신

인간의 정신적 성장이 인간 실존의 목적이다.
—— 스캇펙 박사

올인한 펀드로 잘 살려고 애씀 된 거다
술병 같은 몸이 한강 쪽으로 쏟아져도
잊는 수밖에 없다

괴로움에 늘어나도 다시 돌아갈 고무줄처럼
삶은 자신을 잘 다스릴 시간의 반복이다
중심 잘 세워 태워 갈 촛불 인생
빛의 항아리에 물을 담고 나누는 인생

아무리 배고프고 어려워도
영혼의 재테크로 가는 헝그리 정신
지금까지 버티게 한 헝그리 정신
영혼 떠밀고 갈
아, 헝그리 정신

그 강은 흐르네*

내 어깨 너머에 그 강이 흐르네
내 손에, 내 눈에 그 강이 흐르네
꿈을 실어 나르는 바람같이
오늘을 감미로운 축제로 만드네
영적 기운으로 가득 찬 노래
서른 번째 듣는 노래, 눈물과 숨결이 흐르는
the river is flowing
the river is flowing
깊고 아름다운 물에서 뛰노는 잉어같이
다시 태어나고 다시 살게 하네
물속을 미끈하게 헤엄치는 그대 몸, 내 몸
길게 길게 울고 난 듯이 민감해지네
깃털처럼 얇고 가늘어지네
어딘가로 마구 불어 가네
풍선같이 가벼이 날아가네
the river is flowing

마음속 들판을 흐르는 그 강은
기원전 기원후를 돌아

사막과 빙하를 돌아
대서양과 태평양을 돌아
1억 년 동안 만든 석유를
200년 만에 다 써 버리는 지구를 돌아
시시콜콜 가시 같은 시시한 문제들을 넘어
계속 이동 중인 사람들 그림자 위에
바람 속에 희열감 속에
마악 터질 듯한 가슴 위를 흐르네

온종일 서른 번째 이 노래를 들으며
잠시 잠깐 영혼을 느끼네
수많은 어머니의 숨결과
자식의 안전을 비는 눈물 흐르는 강
나무와 꽃잎과 빵 속에 그 강이 흐르네
한 그릇 쌀밥 위에 그 강이 흐르네

우리가 평생을 지나 도착할 죽음 속으로
어린 날 추억 속으로, 사무치게 그리운 어머니 품속으로
기도하는 몸속에 강물이 흐르네

나와 내 딸과 딸의 아이들이 돌아갈

아득한 눈물 속으로

아늑한 신의 손길 속으로

* 토니 셰리던과 칼리트리가 부른 노래.

Ⅲ

포르투갈에서 주운 라디오

비밀스런 길 하나를 따라간다

신이 세상을 만들 때 최초로 만든 것이 여행이야.
그다음은 의심과 노스탤지어야.
── 영화 「율리시스의 시선」에서

혼잣말로 끝날 생이겠지
고달프고 쓸쓸한 몸 하나
매미 껍질처럼 살짝 벗어 두고

황혼이 아름다운 길을 따라 나는 간다
내가 누군지, 앞으로 뭘 할지
안 뵈던 우물이 잘 보이게
숲 속 바람에 흔들려 보고
물소리, 새소리, 바람소리, 다시 귀 기울인다

세상에 보탬 되고픈 손가락 하나 플래시가 되고
내 꿈의 왕릉에 타오르는 흰 불빛

왕릉에서 솟는 그 부드러운 기운을 받고
푸른 바람 속에
다만 정처 없이

비밀스런 길 하나를 따라 나는 간다

실크로드에서 만난 돌풍*

한순간의 생애처럼
한순간의 담배 연기처럼
한 몸인 두 사람의 육체처럼
눈과 눈, 팔과 팔
입술과 입술이 엉겨 붙은 채로
둥둥 북소리를 울리며
돌풍은 사랑을 안고,
사랑은 돌풍을 안고 가더라

내 가슴속 장롱 깊이 넣어 두고 싶은

이 거칠고 아름다운 돌풍

* 둔황에서 나오는 길에 돌풍을 보았다. 호쿠사이 판화나 제프 월의 사진에
서나 본 돌풍.

2008. 둔황

Where are you from?

— Where are you from? Japanese? Chinese?

— No, I am from Korea!

유럽에서 코리아는 보이지 않는 바람이었다. 나는 열쇠 없는 자물쇠였고, 바다 없는 배였다. 그냥 캄캄했다. 포르 투갈엔 코리아가 없더라. 코리아 음식점도 없어. 굴벤키안 미술관 동양관엔 중국과 일본은 많아도 코리아는 유물 한 점 없었다. 사랑하는 조국, 코리아를 아무도 모르더라. 왜 유럽인이 꼭 한국을 알아야 하냐고 그대는 묻는군? 어느 누구도 모르면 없는 것과 마찬가지. 나 너 우리 코리안의 존재감은 어디에도 없는 거지.

어디에도 없는 나라, 어디에도 없는 사람들과 뭐가 다르 지. 느닷없는 두려움, 안개같이 스멀스멀 몸 안에 가득 차 는 불안한 슬픔. 그건 파프리카 씹는 일처럼 간단히 넘길 일은 아냐. 어떤 이는 김정일만 알더군. 어떤 이탈리안은 김기덕 감독을 좋아한대서 대낮에 은하수가 보이긴 했어. 전통의 탑을 쌓고 알리지 않으면 코리아는 없어.

나는 그 유럽인에게 먼저 김치를 얘기했어. 아리랑을 불 러 줬어. 꿈을 실어 나르는 바람, 호박색 바람처럼 내 입에 서 아리랑이 흘러나왔어. 천천히 관심이 생기면 경복궁과 불국사를, 남도길 풍경, 판소리를 알게 되겠지. 이쁜 리스본과 파티마 성당의 미사에, 쿠임브라의 파두에 감동하며 그 어딜 다녀도 우리 남도길 풍경이, 아득히 먼 신라의 도시 경주가 코리아가 멋지다는 것도. 어딜 다녀도 우리만의 가치로운 묵주알을 발견 못하면 나는, 우리는 그 어디에도 없다는 것을.

2008. 포르투갈 리스본, 파티마, 쿠임브라

열애의 감정을 솟게 만드는 대서양 앞에서

열애의 감정을 솟게 만드는 대서양 앞에서
몸은 흑설탕처럼 녹아 버릴 듯합니다
풍경은 그 나라 민족의 작품이란 말도 떠올리면서
황혼의 풍경 앞에서 누군지도 모를 님을 그리워합니다

언제 님이 오시려고 이리도 절망을 주는지요
나의 풍경은 당신의 작품이 되고 싶은데
보이지 않는 빨간 실로 이어진 당신은 어디에도 없고
온 바다에 황혼만이 마크 로스코의 그림처럼 출렁입니다

내일로 미루면 다 사라질 것들
사람으로 살아가기 힘들다는 가을
전 생애를 다 걸지 않으면
아무것도 아님을 압니다
사랑도 일도 대충이란 없음을

이승과 저승을 이어 주고 땅과 바다를 이어 주고
사람과 사람을 이어 주고 당신과 나를 이어 줄
이 징한 핏빛 황혼의 냄새

대서양 너머가 궁금해 유럽인들이 신대륙으로 떠났듯이
인연의 바다에 내 님 어디 계시나 저는 헤맵니다

2008. 포르투갈

베이징의 밤

베이징의 밤은 서울보다 깊고 어둡다
어둠 속에 어수선한 풍경들이 지워지듯이
힘겹던 내 일들이 천천히 잊혀진다

내가 묵는 호텔 앞 야시장도 문을 열고 닫듯이
수박 팔고 옷 팔고 신발과 책 팔고
이 소소한 일상의 꽃이 피고 진다

우리 전 생애가 문을 열고 닫는 일의 연속이고
햇빛에 매달린 작은 물방울이듯
이 작은 기쁨에 매달려 사는 것 같다
오늘은 그 소소함에 파묻혀
사라지는 시간이 아프지 않다
실크 솜이불처럼 뜨듯한 여름 바람이
나를 스치는 것만으로 내일이 기대된다

이대로 주욱 가면 무엇이 있을까
만리장성 너머 실크로드 너머

내가 탄 인력거의 삐걱거리는 소리가

잔물결처럼 가슴을 애잔하게 흔든다

2007. 베이징

누란의 미녀

모래바람이 분다
모래바람 속에 잠든 누란이 깨어난다
타클라마칸 사막 위에 다시 살아난 20세기의 누란
한나라와 흉노 사이에 휘청인 약소민족국가 누란

누이란 말처럼 아련한 나라
누런 공중누각의 이미지로 떠오르는 나라
모래바람에 묻혀 누란이 없어지고
누란의 호수 로프노르도 사라지고
사람들 기억 속에서 영영 사라진 그 나라가

사슴 가죽 신발을 신은 여인에게서 되살아난다
키 152센티미터, 혈액형 O형, 나이 42세
'신강 위구르 박물관'의 누란 미녀 속에서
폐허의 향기로 다시 태어난다
실크로드를 오간 옛사람들이
꿈에 몸을 싣고 뼈를 묻은 이야기가

아득한 상상의 회오리바람이 일어난다

3800년 전의 사람들과 현대인은 뭐가 다를까
사라지는 존재라는 똑같은 슬픔
그 이상한 친밀감
그 이상한 쓸쓸함
비바람 몰아치는 마음

2009. 누란 고성 유적지 + 누란의 미녀

인도 순례기 1
— 얼마나 멋진 곳인가 인도나 한국이나

긴 사리 자락이 먼지바람에 흔들렸지. 인도 여인 90퍼센트가 입는 화려한 이 옷에 나는 끌려갔지. 정오의 햇살을 받고 가는 핑크빛 빨간빛 사리가 내뿜는 향기에 취해 갔지. 오래되고 낡고 불편하면 다 버리고 바꾸는 세상에 전통을 버릴 줄 모르는 인도 여인들이 신기하기만 해.

그 많은 세월이 롤빵 한 덩이처럼 금세 사라져도 사라지지 않는 건 무엇일까? 인간관계의 친밀감은 아사면같이 바래 쉽사리 먼 거리감으로 바뀌고, 푸른 산, 푸른 언덕도 순식간에 신도시로 바뀐다. 사랑은 아이스크림처럼 덧없이 금세 녹아 버려도 샤자한 황제가 죽은 왕비를 위해 지은 타지마할 성은 사랑의 기념탑이 되어 나를 유혹한다.

카비르 사원서 만난 순례자의 빨래들에 나는 끌려갔지. 소똥 연료로 장만하는 음식 냄새와 연기가 천천히 타오르고 길고 푸른 사리 자락은 설치미술처럼 멋져라.
빨래가 다 말라 거둬 가면 텅 빌 이곳은 바람만이 흐느끼겠지. 우리 이쁜 모습도 설치미술처럼 사진만 남기고 사라지지만, 얼마나 멋진 곳인가. 인도나, 한국이나, 그 어디

나. 얼마나 아름답게 가꿔야 하는가. 내 인생이나, 그 누구 인생이나.

2007. 인도 바라나시, 리시케시

인도 순례기 2
— 그대를 잘 버티게 하는 힘!

천 년쯤 되는 가로수길을 달리다가 멈춰 섰다. 잔시를 지
나 아자르뿌르라는 작고 평화로운 마을로 나는 끌려갔다.
예서 어슬렁거린 15분. 여유롭고 편한 마을 사람들의 웃음.
타일처럼 뽀드득 소리가 날 듯 투명했다.

이 세상 미소라는 가장 멋진 옷. 미소는 꽃향기 같아서
언제나 많은 사람들을 불러 모은다. 웃다 보면 마음이 대
륙처럼 넉넉해져서일까. 언제나 미소 짓거나 활짝 웃고 지
내면 복잡한 삶이 얼마나 단순해질까. 은 쟁반처럼 반짝반
짝 빛나는 웃음. 가난도 훌쩍 넘겨 버릴 듯 잘 웃는 인도인
들에게서 배웠다. 잘 버티게 하는 힘, 잘 살게 하는 힘!

2007. 인도 아자르뿌르

포르투갈에서 주운 라디오

머나먼 포르투갈에서 나는 담수호에 빠졌다
신대륙 발견 기념비를 사진 찍다 물속에 빠져 버렸다
위치만 조금 바뀌었으면 나는 죽었다

순간은 추웠으나 이내 따뜻했다
실수가 컸으나 나는 가벼웠다
카메라는 망가지고
모든 흐느끼는 소리가 들렸다
담수호는
모든 흐느끼는 소리를 담은 라디오였다

바람소리, 물소리, 꽃이 피고 지는 소리
내 입에서 가녀린 햇빛 같은 소리가 흘러나왔다
나도 하나의 소리에 지나지 않았다
누구에게도 가닿지 않는
쓸쓸한 숨소리였다

서로를 그리워하는 마음은 가닿는다

언덕을 넘고 바다와 강을 건너도
마음은 이어진다
서로를 그리워하는 마음은 가닿는다
서로를 생각하며 잠이 들고
서로를 기다리는 인생은 행복하다

신에게 가닿기 위한 순례길과
순례자의 춤과 기도를 보며
터키 들판에 널린 올리브 나무처럼
나도 팔이 저리도록 손을 흔들었다

어딘가 누군가에게 닿을 수 있게
나의 외로움,
나의 그리움이 닿을 수 있게

2007. 터키 카파도키아

이스탄불 거리에서

페트병에 담아 두고 싶은 하늘이고 바람이다
아이들은 계란색 웃음을 피워 냈다
터키인들의 친절한 미소는 천사의 나팔꽃같이 진한 향
기가 났다
어떤 미소든 우울한 소식을 편히 가라앉히고
바위 같던 일을 종이처럼 가볍게 만든다

자주 우울했던 나는 이런 따스함을 원했어
조금 더 가까이 가고 싶어 삶 속으로 따스한 살 속으로
푸근한 살 같은 미소가 번지는 곳
화나 다툼이 나도 언제 그랬느냐 흰 연기로 날리는 곳
두려움 슬픔 걱정거리로 가슴 저릿해도 견딜 수 있는 곳

길 끝이 길의 시작임을 알려 주는 곳 바로 내가 선 곳임
을 알겠어
이스탄불 거리에서 얻은 따사롭고 자연스러운 것
구름같이 달아나기만 하는 시간
바람결이든 꽃과 나뭇잎이든 웃음과 울음이든

아름다움이 먼 곳과 가까운 곳을
어제와 오늘과 내일을 이어 가고 있었다

2007. 터키 이스탄불

캄보디아에서 운 가슴

목메게 "1달러만" 외치며 아이들이 팔찌와 부채를 팔았다
목메게 "1달러만" 외치며 구걸하는 꼬마들을 보고
내 가슴은 노을같이 빨갛게 익어 가도록 아팠다
천 원을 주니 아이들이 달려와 서로 가지려고 싸웠다
거대한 호수에 백만 명이 움막집을 짓고 살다니
예서 어찌 살까 놀란 눈이 얼어붙는 듯했다

캄보디아 빈민들은
스스로 불행하다 여기지 않더라
머리 위에 포탄이 떨어지지 않고 총소리도 없고
전쟁이 없는 것만으로 그들은 행복하더라

가난으로 삶의 꽃을 피울 수 있음을 보았다
눈물이 큰 바다를 만들고
고통을 금빛 꿀로 넘치는 에너지라 느끼고
욕심 없는 마음이 감사의 포도밭을 일구는 걸 배웠다

그들에게서 나는 가까운 친척의 냄새를 맡는다
살아 있는 누구나 다 친척이고, 친구다

2007. 캄보디아

카자흐스탄 우스토베로 가는 길

술기운처럼 번지는 것

하얀 병풍 같은 먼 천산산맥을 따라 달렸다
늦가을 도로변 먹거리 상인들 앞에 멈추자
거울을 보듯 어딘가 나와 닮은 황색 여인이 물어 왔다
"한국에서 오셨나요?"
"아, 고려인이신가요?"
나는 살몃 목메었고 동족이란 반가움이 술기운처럼 번졌다
금세 그녀를 등 뒤의 노을처럼 남겨 두고 차는 달렸다
고려인 무덤이 있다는, 스탈린 시절 강제 이주된
수십만 얼어 죽은 한인들 중에 살아남은
고려인의 우스토베 마을로 달렸다

2006. 카자흐스탄

사랑하고 기억하고 슬퍼한다

카자흐스탄에서 나는 무덤에 홀렸었다
알마티 외곽 공동묘지부터 우스토베 가는 그 먼 길
들판 곳곳에 묻힌 고려인들 무덤에

우스토베에 버려진 고려인 무덤은 웅덩이처럼 파여
기이하도록 황량한 석탄 빛깔이었다
그 빛깔은 어제, 오늘, 내일이 뒤섞인 색
한과 그리움의 색, 망각의 색이었다
집도, 나무도 없고 드문드문 잡풀만 흐느끼고
무덤 위로 거칠게 부는 바람은 검은 종이였다

문득 알마티 묘지에서 본 묘비명이 기억났다
"사랑하고 기억하고 슬퍼한다"
누군지도 모르면서 종이 바람 위에 썼다
누군지도 모르면서 검은 바람 위에 썼다
사랑하고 기억하고 슬퍼한다고

프라하에서 길을 잃다

고래도 개도 아닌 사람으로 태어나
이 중세도시에서 길을 잃은 이유가 있으리라

카프카 소설의 주인공처럼 어디에도 기댈 것 없이
길을 잃고 하얗게 질린 얼굴로 헤매었다
아무리 아름다운 프라하도 얼음장처럼 서늘하고
아무리 아름다운 불타바 강도 몸을 빨아들일 늪이었다
빗속을 불어 가는 강바람에 온통 젖어 버린
이 두 눈, 이 심장, 이 영혼은 내 것이 아니었다
카프카를 느끼려고 온 체코에서
체스키크로롬프 성에서 헤맨 두 시간

다시 길을 찾고 딸을 찾자
운 나쁜 일은 귀한 경험이 되고
카프카의 프라하는
기억 속에 가장 인상 깊은 장롱이 되어 있었다

IV

당신을 가장 사랑하는 시간

당신을 가장 사랑하는 시간

이불 틈으로 거친 바람이 들어왔다
이불 틈으로 구름이 들어왔고 잔디가 깔리기 시작했다
이불 속으로 잠시 비가 내렸고 해가 떴다
이불 속에서 꽃이 자라났다

당신이 이 많은 걸 데리고 왔다
당신 사랑으로 이 많은 걸 얻었지만
이불만 한 자유를 잃었다
당신 사랑마저 없었다면 이불조차 없었겠지

모든 근심 걱정이 사라질 때까지
꿈의 포도알이 여물 때까지
손발을 벗어 놓고
엉덩이와 가슴도 풀어 놓고
당신의 따스한 회오리바람과 춤추다가
문을 여니

저녁밥 향기가 나는 바다가 보였다

당신이 나를 생각한다

당신이 나를 부르는 것 같아

흰 풀뿌리 같은 목소리에 이끌려
비바람 속에서 내 발은 부푼다
비바람 속에서 당신을 찾아 떠난다

얼굴 한 번 어루만지고 싶어
착한 마음 비치는 눈을 보고 싶어

멀리서
흰 고래처럼 춤추는 당신
닿을 듯 닿지 않는 당신을

재첩국

부글부글 끓는 재첩국
파도치는 물결이다
자신을 바꾸려는 몸짓처럼 아름답다
드러눕고 잡아당기고 몸 바꾸고
저 끊임없이 요동치는 몸부림
두부는 물결에 휩싸인 하얀 바위 같아
재첩도 살아 뛰노는 것만 같아
하동에서 죽은 재첩이 이렇게 말하는 것 같아

나랑 같이 놀아요
물결치는 뜨거움 속에서 나랑 같이

혼자 심심할 때의 내가 생각난다
아무도 없고 아무도 나를 불러 주지 않을 때

누구 나랑 같이 놀아요
나랑 같이 웃으며 꽃밥 먹어요

내가 그립다고 말해 줘

바지 지퍼를 내리는 소리처럼
섹시한 파도 소리가 그리워

파도 소리에서 나는 너를 느낀다
네가 좋아하는
푸른색으로 물드는 내 몸
푸른 바다에 빠져 버린 마음

내가 그립다고 말해 주면 좋겠어
함께했던 추억만으로
해가 몸속에 들어온 듯 몸이 따뜻해졌어
가지런히 벗어 놓은 신발들같이 편안해

난 네 냄새를 기억해
네 어깨에 미끄러지는 햇빛 그리며
길이 멀다, 속삭이지
멀어도 갈까 하여
멀어도 찾을까 하여

애정의 긴 낚싯대를 해에게 던지며
너와 이어진 길 떠난다

2005. 하조대

사과 맛 키스

섹스보다 진한 게 키스일지 몰라요
부드러운 단호박 맛 키스
끈끈하고 은근한 팥죽 맛 키스
말랑말랑한 광어회 맛 키스
저마다 나누는 키스 맛도 색달라서
그와 그녀의 키스는 무슨 맛일까 궁금해
군침 하나 흘리지 않고
생명의 사과 맛을 부러워합니다

그가 그녀의 머리칼을 쓸어내리면
순식간에 장발이 되고
어깨에 손을 얹으면 슬립이 스스르 미끄러지고
가슴은 따끈따끈한 찐빵같이 부풀고
볼을 어루만지면 고탄력 피부로 변한대요

그렇게 미용에 좋은 남자
사랑할 줄 아는 남자가 있다면
저도 풍덩 빠지고 싶군요

그대 몸 달빛이 울면

꼭 색정이 아니래도
문풍지가 바람에 울듯
남녀 사이엔 함께 끌어안지 않으면
알 수 없는 것이 있어서

저 웅숭깊은 사내랑 정분이 나면 어떨까
속마음이 표정으로 비쳐 날까 두려워
꿈꾸어지는 일도 죄가 될까 싶어 그대는 고개를 흔들지

꽃이 시들듯 얼마나 덧없는지 알면서도
등잔처럼 몸을 기울여 사랑을 밝히고 싶어
그대 몸 달빛이 울면
아름다운 바다가 우는 따뜻함을 나누고 싶어

마음속 무성한 잡초
잔물결 같은 거

푸욱 익어 가는 설움

당신이란 말

당신이란 말엔 수면제가 잔뜩 묻었나 봐
당신을 부르자 잠이 쏟아진다
꼭 끌어안고 잠들고 싶은 게 당신이란 말일까
기대서 편안한 쿠션처럼 조용히 자는 자신을 만나기
푸른 대지를 적시는 아주 착하고 따뜻한 물이 되는 거
당신을 안고 풀 냄새, 바람 냄새에도 민감해져
당신은 내일로 달콤한 바람 속으로 나를 데려간다

비누

사랑은 어느 한 시절 열병이라서
식거나 싫증나거나 지나가 버린다
버
리
고
만
다
당신이 없으면 살 수 없던 내가
나 없으면 살 수 없던 당신이
어느새 시시한 존재가 되어 비누 거품처럼 꺼져 버린다
조만간 닳아 버리는 비누가 사랑임을 깨쳐 버린다
온 마음으로 향기를 내뿜으며
사라져 버리는 당신

향긋한 친밀감을 위하여

기분 좋은 사람과 함께 있으면
물안개 자욱한 강변에 있는 느낌입니다

묘하게 안정되고 평화로운 이 느낌…… 친밀감이겠죠
서로 깊이 알아 가는 시간
서로를 최우선으로 여기는 시간

주는 것이 가장 많이 얻는 거예요
아낌없이 주되, 처음엔 말을 아끼세요
상대방의 말을 열심히 듣고 맞장구도 쳐 주세요
조금씩 자신을 보여 주세요 서두르지 말고
자기 매력을 조금씩, 깊이깊이,
오래된 와인 맛처럼

솔직하되 괜찮은 비밀이란 없으니
쉿! 조용히……
지나치게 떠들면 둔하고 어리석어 보이니까요
상처가 두렵다고요? 보호수만 심다 보면
둘의 관계는 페트병처럼 얄팍하고

또 다른 상처가 기다립니다 대범하게 가세요

제대로 친하려면
성숙하고 좋은 사람이 되는 게 우선이죠
우정과 사랑의 마을엔
고마움, 존경심의 가로수가 춤을 추지요
나무 그늘 아래 함께한
세상 이야기도 붉게 물들게
추억 유리병을 놓아두세요
배려의 긴 의자를 놓는 것 잊지 말고요

의자는 튼튼한 애정의 꽃을 틔울 겁니다
쉽게 지지 않을 푸른 꽃

흰색 셔츠 한 장

흰색 셔츠 한 장이 바람에 날아간다

아아, 셔츠 안에서 울리던 청춘의 심장 소리도 날아가고
민감한 살 속, 욕망의 악기 소리도 흘러가고
허기질 때마다 해를 사모하며 내뻗던 내 손
어깨선에서 미끄러지던 그리운 님의 손이 날아간다
오늘보다 젊은 몸
셔츠 속 세미누드의 이미지가 사라진다
서른 살 가을 마지막 날 떨어지던 낙엽도
휘날리던 눈보라도 소용돌이치며 간다

마악
달려가
잡았다

셔츠 속에 묻힌 열정과 혼을
사라지는 것들의 우울한 힘을

V

곧 잃어버릴 것들을 사랑하고

졸리고, 따뜻하고, 쓸쓸한 저녁에

해질녘이면 신이 아주 가까이 와 있는 기분이다
졸리고, 따뜻하고, 조금 쓸쓸하다
넋을 놓고 본 하늘 하염없이 펄럭인다

여기서 매끄럽고 시원한 저녁 바람이 불면
저 강은 물 대신 와인이 흐른다지
저 언덕은 1년 내내 꽃이 핀다지
환경호르몬 없는 과일이 열리고
전쟁이란 말이 사라질 만큼 싸울 일도 없고
저 바닷가엔 수십 명의 든든한 남자들이 낚시를 하고
고래가 노래하고 춤추는 게 보인다지

말만 들어도 가슴이 울렁거려
좋아하는 사람이 날 좋아할 때처럼 기분 좋지

마음먹기에 따라 어디든 굉장한 곳이 되고
겸손히 기도할 때마다 푸른 나비 떼가 일렁이고
새로운 눈길로 세상 볼 때마다 흙피리 소리가 흘러넘치고
넋을 놓고 본 하늘 황홀히 펄럭인다

곧 잃어버릴 것들을 사랑하고

곧 잃어버릴 것들을 사랑하고
떠날 것들만 그리워했네
버섯처럼 쉬이 부서지고
사라진 후 아련한 향기를 맡고
아쉬워한 나날이 많네

내 손에 들린 꽃들은 금세 시들고
내일로 미루면 떠나 버릴 것들뿐이네
생의 갈망만 훨훨 타는 석탄처럼 몸부림치네
뜨거운 물이 차츰 식어 가듯
사람은 꿈꾸며 살고 나이 들고
체념하다 사라지기만 하는가

신이 주신 지팡이, 열정 하나에 의지해 가네
모든 것을 잃더라도 영혼은 잃지 않으려네
슬픔에 젖은 눈동자 너머 노을이 타오르네

마지막 통화

"엄마, 보고 싶어서 전화했어."
"그래, 고맙다."
"밥과 약은 엄마 지켜 줄 별이야. 잘 챙겨 드세요."

잃어버릴까 두려워 터져 나온 '엄마'란 말
천 번을 부르고 천 번을 사랑해, 외쳐도 부족하다
1년째 의식불명이신 어머니, 아무 대답도 없으시다
지금도 메아리친다 마지막 통화, 마지막 말이
"우리 다시 만나자."

눈이 내릴 것 같다 흰 알약 같은 눈이
실명한 어머니의 눈과 마음에 흰 눈이 내리고
어머니를 휘감던 지독한 병의 독
생계를 짊어진 자의 희망의 독, 외로움의 독
삼팔선 너머 생사 모를 동생들을 그리워한
이산의 독까지 모두 씻어 내리면 기쁘리라

기도 응답의 눈발이 펑펑 내리면
어머니와 다시 만날
세상 시작을 알리는 눈발이

어머니의 푸른 반딧불

그 많은 번개를 맞고
그 많은 묘지를 보고
그 많은 장례식을 보고도 또 놀라
가슴이 덜컹거린다
가슴 유리 또 언제 깨질지 몰라

문득 냉장고 문을 열면서도
병든 어머니께 무슨 일이 생기면 어떡하나
걱정과 근심의 독초를 뽑아 버려도 편치가 않아

몸을 태워 밥과 물을 거두고 살림을 닦고 치우고
가장 따분하고 무모한 노동에 바친 세월에도
땅거미같이 은은히 번지던 어머니 미소와
가정을 지키는 것이
목숨보다 중요했던 어머니 손에서
푸른 반딧불빛이 퍼져 나오곤 했다

꽁꽁 묶어 둔 수의처럼 흰 개가 보이고
당신이 홀로 흰 소금 들판을 지나도

어머니, 세상에 단 한 분인 어머니
무슨 일이 있어도
우리 식구는 당신과 함께합니다

중환자실의 낮과 밤

더 이상 상실할 것 없는 사막 같은 얼굴입니다
산소호흡기가 마지막 재산인 갈색 몸뚱이들
병자를 실은 침대들이
해독하기 힘든 서적같이 무겁습니다
사흘 동안 두 구의 시신이 격리병동을 빠져나갔습니다
삶의 갈망은 거칠게 끓던 주전자 물 같고
바다로 드나드는 어선같이 외로이 흔들리며
우리는 만나고 헤어집니다

옆방에서 패혈증으로 팔을 절단한 할머니와
의식을 잃고 죽음을 기다리는 아이
우리는 습자지 인생입니다
부드러운 습자지에서 연기 같은 목소리가 스며 나왔습니다
"인생은 암흑 속에 낙서된 메시지"라고요
오늘이 베푸는 의미는 무얼까요?
도저히 잠들 수 없는 밤
삶과 죽음이 트럼프 치는 낮의 밤입니다

코끼리 열쇠

우울하게도 내 몸은 코끼리다
사랑을 잃고 모든 기운도 잃은 채
밥벌이에, 해내야 할 일로 무겁디무겁다
무거워진다는 건 죽음과 가까워진다는 것

무거운 노동과 사람과 사람 사이
정처 없는 마음, 슬픈 북소리가 내 뼈를 울린다
홀로 어딘가로 떠나지만
어떤 곳으로도 가지 않는 건 아닐까
제자리에서 방향도 목적도 없이 길을 잃고 사는 게

당신도 가슴 없이 머리로만 사는 게 아닌지 괴로워한다
간혹 방 열쇠를 찾듯이 자신의 가슴을 찾는다
가슴을 찾다 문제까지 잊어버리고
정작 잊고 싶은 기억은 잊지 못한 채
끝끝내 한 송이 기쁨도 발견하지 못한 채
아늑한 불빛만 찾아 어슬렁거린다

불륜의 사랑, 믿지 마요

　요즘 유부남들은 과부 한 명쯤 세컨드로 거느리려 하죠. 든든한 셰퍼드를 거느리듯 와이프와 정이 없다며, 이혼하는 데 시간이 걸린다며, 일부이처제의 등불 켜 댑니다. 달뜬 유부녀도 마찬가지. 남편과 정신의 매듭은 10년 전에 끊겼다며 정신적 싱글을 주장하죠.
　어느 술자리를 갔더니 불륜 현행범들로 가득하더군요. 다들 믿지 마요. 곶감 주듯 쉽게 마음 주지 말고. 내 후배는 6년간 호시절 다 놓치고 술에 찌들어 폐인 됐어요.

　도덕 윤리의 줄넘기를 넘자는 게 아니죠. 사랑하려면 제대로 하라는 거죠.
　풀꽃 하나, 볼펜 하나 애정 선물도 주며 계산 말고 철저히.
　섹스의 아우성이면 사랑의 언어를 더럽히지 말고, 스스로 미화시키지 말고
　정성 다한 연인 힘들 때 부담이다 도망치는 웬수 되지 말고
　부인 앞에서 배반의 수류탄 던지는 비열남 되지 말고

　일부일처제의 사회 통념은 만리장성을 닮았지요. 달나라에서도 훤히 보이는 철책. 절대 안 넘어집니다. 장성 밑

118

땅굴 파는 불륜 족속들은 여전하겠지요.

　헤어져도 남는 건 색정보다 마음이 담긴 물정이래요. 준 만큼 못 받고 쌓이면 떠나는 게 사람이고. 통로 잘 살피면 널린 게 솔로지요. 생각을 바꾸면 환한 기운 메아리같이 퍼질 겁니다.

먼저 격려하고 축복하는 세상이 그리워

— 진실을 죽이는 세상에 대한 통탄

먼저 격려하고 칭찬하는 세상이 그리워
험담 철조망이 아니라, 비난이 아니라, 욕설 작살이 아니라
격려하고, 칭찬하고, 축복해 주는 세상이 그리워

진실의 죽음은 어떤 씨앗도 되기 힘든 고통이었다
대체로 불혹이면 자기 이름이 상할 일들은 못 견딘다
달이 주르르 미끄러지고 해가 떨어져도 지킬 게 양심이
고, 자존감이다

세상 밖에서 바라본 세상은
질투와 시샘, 선망, 뒤틀린 욕망을 전시한 싸구려 상점이다
까닭 없는 비난의 땅바닥엔 시샘과
질투의 뿌리가 징그럽게 엉켜 있음을 알기에 무시하며
화난 하이힐로 땅바닥은 안전한가 두드리며 지나친다
화려해 보였으나 초막처럼 쓸쓸한 진실을 애도한다

남의 노력에 박수 칠 여유가 없음 입 다물고 지나치시라
스스로 깊은 바다를 헤엄치지 못한 얄팍한 심장을 보이
지 말고

고마워하시라 적어도 그대가 못 산 삶을 살지 않는가

나이 마흔이면 달이 주르르 미끄러지고
해가 떨어져도 지킬 게 양심이고, 자신의 이름이더라
진실을 죽인 일은 없는가, 고개를 숙이고
나도 나를 살펴볼 테니 님들도 자신을 돌아보시라
먼저 박수 치지 못할 바엔 그냥 지나쳐야 하고
먼저 격려하고, 칭찬하고 축복해야 참으로 사람 아니런가

사랑으로 만든 건 망가지지 않는단다

인간은 손으로 만지기만 해도 지구를 해친다. 살아 있는 것만으로 죄를 짊어지고 있다. 세계도 자신도 오염되어 있다. 그렇다고 해서 절박감도 없다.
——마야자키 하야오

딸아
네게 아름다운 땅을 남겨 주고 싶은데
불빛이 보이지 않는구나
온난화, 핵무기, 시청 일대 빽빽한 스모그
자연의 보복이 시작되었구나
제련소와 원자력발전소 옆 황폐한 땅과 바다
밤마다 코를 찌르는 쓰레기와
죄악의 지뢰밭이 되고 자폭의 방아쇠를 겨누고 있다

네게 희망의 도장을 찍어 주고 싶은데
불빛이 잘 보이지 않는구나

행복과 불행, 삶과 죽음도 종이 한 장 차이라고
그냥 견디고 탄식만 해선 안 된단다
바늘처럼 쏟아지는 빗속에서
너의 풍선이 터지지 않는 건
사랑으로 풍선을 불었기 때문이다
사랑으로 만들고 지키는 건 쉽게 망가지지 않는단다

고난을 맞선 담대함이 사랑의 불빛을 만든단다

폭력과 탐욕의 전쟁터인 이 세계를
잘못된 것이 있으면 철저히 바꿔야 하고
부드럽게 녹슬지 않게 지구란 바퀴를 굴리고
온몸으로 지켜 가야 한단다

원하는 사람만이 등불을 얻는단다
간절히 구하는 자만이 사랑을 얻는단다
사랑 속에 영혼의 비단길이 있단다
잠시 잠깐 영혼을 만나 눈물을 얻는단다
그 사랑의 힘을 세상에 퍼뜨리고
그 사랑이 네게 힘을 주고
어두운 세상을 바꿔 갈 거란다

네 몸에 숨겨진 사랑의 씨앗을 발견하렴
깨달은 사람들아
사랑하는 내 딸아

꿈꾸는 행복

행복은 행복하리라 믿는 일
정성스런 내 손길이 닿는 곳마다
백 개의 태양이 숨 쉰다 믿는 일

소처럼 우직하게 일하다 보면
모든 강 모든 길이 만나 출렁이고
산은 산마다 나뭇가지 쑥쑥 뻗어 가지
집은 집마다 사람 냄새 가득한 음악이 타오르고
폐허는 폐허마다 뛰노는 아이들로 되살아나지

흰 꽃이 펄펄 날리듯
아름다운 날을 꿈꾸면
읽던 책은 책마다 푸른 꿈을 쏟아 내고
물고기는 물고기마다 맑은 강을 끌고 오지

내가 꿈꾸던 행복은 행복하리라 믿고
백 개의 연꽃을 심는 일
백 개의 태양을 피워 내는 일

자, 멋진 시작이야

이보시오
태엽을 감아 움직이는 장난감은 되기 싫으오
정해진 대로 정해진 코스는 딱 질색이오
다들 탄탄대로를 찾지만 그건 없는 거요
일터에서 잘리고 기쁜 일이 취소되고
당신과의 만남이 연기되고
파란만장한 나날이 바위산같이 늘어서도
내 마음은 아프리카 초원의 사자라오
오늘의 고난이 내일의 딴 세상을 보여 주지 않아도
알려는 욕구에 불타고
매일 꿈을 백업받으며
갈 데까지 가 보자는 마음으로
프라임 쿠키처럼 부드러운 미소를 짓고
가슴은 시련을 통해 다이아몬드가 되어 가오
쾅쾅 가슴을 치는
세상의 망치 소리를 마시며
나는 더 강해지오

고백의 힘, 그리고 침대의 위무

조연정(문학평론가)

마르셀 프루스트는 어머니의 죽음 직후 대작『잃어버린 시간을 찾아서』의 집필을 시작했다. 그에게 소설 쓰기란 악몽 같은 현실을 잊기 위한 일종의 노동이었을지도 모른다. 비단 프루스트뿐이랴. 상처 입은 자만이 글을 쓴다는, 작가들에 대한 고질적 편견은 대개 진실로 판명이 나곤 한다. 처절한 비탄은 오로지 망각을 통해서만 치유될 수 있는바, 고통의 망각을 위해 발휘되는 엄청난 힘은 후대에게 명작을 선사하기도 하는 것이다. 슬픔 때문에 죽고 싶은 마음을 그러모아 창작에 몰두하는 한 사람의 인내는, 셀수 없이 많은 사람들에게 오히려 축복이 된다. 분방한 광기는 인내를 통해 예술혼으로 응집되고, 상처 입은 자는 자연스럽게 치유되며, 우리는 명작을 얻는다.

그런데 과연, 독사에 물려 고약한 냄새를 풍기는 필록티테즈만이 초인적 기예의 명수가 되는 것일까. 상처 입은 자만이 글을 쓸 수 있다면, 사실 우리는 모두 작가로 태어난 사람들이다. 범상치 않은 비극적 경험으로 인한 상흔을 지닌 자만이 작가가 될 수 있다는 생각은 역시나 편견일지도 모른다. 왜냐, 각자가 느끼는 고통의 크기는 비교가 불가능하기 때문이다. 우리는 저마다 다른 이유로, 그렇지만 모두 동일한 정도로 아프다. 고통에 관해서라면 어느 누구도 특권을 주장할 수는 없다. 내밀한 독백의 일기이든, 혹은 특정한 대상을 향한 열렬한 구애의 편지이든, 아니면 불특정 독자를 향한 글이든, 그것이 비탄과 슬픔의 산물이라면, 그 글을 쓰고 있는 사람은 누구나 자기 자신의 가장 끔찍한 아픔을 다독이기 위해 펜을 든 작가라 할 수 있다.

사진작가이자 에세이스트로 활발하게 활동하고 있는 시인 신현림의 네 번째 시집 『침대를 타고 달렸어』는 시인의 생생한 아픔이 원천이 되어 써진 고백의 편린들이다. 이 시집 안에 놓인 시들은 발화의 직접성이라는 측면에서 에세이와 시의 경계를 오간다. 그녀의 출세작 『세기말 블루스』(창비, 1996)가 "솔직함의 진경으로 나아가는 과정"(이문재 해설)에 있었다면, 이번 시집에서 그 "솔직함의 진경"은 여실히 드러나고 있다. 따라서 시집을 읽는 우리는 시인과 얼굴을 맞대고 대화를 나누듯, 일상 속 그녀의 상념들과 마주하면서 시인이 처한 상황을 자연스럽게 이해하게 된다.

한마디로 말해 이 시집은 상실의 아픔과 친밀함에의 갈망 사이에서 써졌다고 할 수 있다. 시인의 말을 빌리자면 "만성적인 절망과 희망의 시소 타기"(「백수의 나날」)가 신현림 시의 동력인 셈이다. 곳곳에서 노출되듯, 시인의 상처의 기원에는 "글빚 갚으며 딸과 살아남으려 애쓴 시간"(「난 지금 밖에 없어」)이 자리한다. 부양가족에 대한 외로운 책임감과 편견으로 가득 찬 세상으로부터 "거절당하는 고통"(「나약함에 대하여」)이 그녀를 절망 쪽으로 기울게 한다면, "열애의 감정"(「열애의 감정을 솟게 만드는 대서양 앞에서」)이 주는 설렘과 "내가 웃겨 줄게"(「슬프고 외로우면 말해, 내가 웃겨 줄게」)라는 어린 딸의 위로 한마디는 그녀를 희망 쪽으로 기울게 한다.

시인의 상처는 어쩌면 그 원인이 명백하고 특별하다고 할 수 있겠지만, 즉 그녀는 작가가 될 소지가 분명하다고 할 수 있겠지만, 그녀가 느끼는 아픔의 정도나 그녀가 원하는 치유의 방법은 어느 누구의 그것과도 크게 다르지 않다. "죽고 싶다가 살고 싶은 일"(「나를 잡아, 나를 놔」)이 삶 그 자체이며, "함께 죽어 갈 사람"(「두 평 반 인생」), 즉 인생의 영원한 반려를 얻는 일이 자기 삶의 지독한 공허를 메울 수 있는 최선의 방법임을 그녀 역시 알고 있는 것이다. "사람은 사랑으로 강해지고 사랑의 능력 속에서 커 간다"(「엄마의 유언, 너도 사랑을 누려라」)는 '엄마의 유언'을 가슴 깊이 새기고 있는 그녀가 아닌가. 따라서 그녀의 시에서 우리가 얻을 수 있는 것은 삶에 대한 신랄한 통찰이기보다는 오히려 따뜻한 긍정의 자세이며, 그녀의 시에서 우리가 엿볼 수 있는 것은 시인 자신의 내밀한 욕망이기보다는 행복한 삶에 대한 우리 모두의 다짐이다.

*

『침대를 타고 달렸어』는 말 그대로 침대 속에서 써진 고백의 시편이다. 그러나 그 고백은 자물쇠를 채워 서랍 깊숙이 숨겨 둔 비망록에 기록되기보다는, 침대 곁에 아무렇게나 펼쳐 둔 메모 노트에 적힌다. 그녀의 고백은 자신을 비관적으로 학대하거나 윤리적으로 처벌하기 위한 것이 아니라, 순간순간 삶의 고통을 발산함으로써 그것을 치유하고자 하는 자기애의 산물이다. 그녀의 시는 힘겨운 고해성사가 아니라, 친밀한 사람과 조곤조곤 나누는 담소와도 같다. 그 담소는, 우리의 가장 은밀한 공간인 '침대'를 둘러싸고 이루어진다.

인생은 추워서 어디로 흘러가든
감기약만 한 구멍 만드는 일이 중요해

세상에 내민 열한 장의 너의 이력서가

아무 구멍이 되지 못한 날
낡은 옷장에 서랍 하나 부서지고
낡은 통장에 남은 돈이 텅 빈 날에
함께 가는 길이 바다야
도시까지 밀려든 바다를 끼고 좌회전하니
해장국처럼 뜨거운 노을이 지고 있어

먼 길 지루한 길 무모한 길
자꾸 헛바퀴 도는 길목에서
모든 시름 녹아들게
네 몸에 구멍을 만들고 싶어
뜨거운 달덩이가 뜨도록
구멍에 머릴 파묻고 울고 싶어

—「The hole」 전문

　침대란 어떤 공간인가. 침대는 "저 웅숭깊은 사내랑 정
분이 나"(「그대 몸 달빛이 울면」)는 공간이기도, "1년째 의식
불명이신 어머니"(「마지막 통화」)가 마침내 죽어 나간 공간
이기도, "우리가 평생을 지나 도착할 죽음"(「그 강은 흐르
네」)의 공간이기도 하다. 요람에서 무덤까지, 침대는 바로
"내가 태어나 사랑하고 죽어 갈 (……) 몸의 일부"인 곳이
다. 한 생의 행복과 절망, 설렘과 비애와 관련된 그 모든 사
적인 사연들이 담겨 있는 공간이 침대다. 시인은, 바로 그

침대 위에서 자신의 사연을 들어줄 친밀한 누군가를 원하고 있다. 그 누군가의 품에 "머릴 파묻고 울고 싶"다고 말한다. 인간의 삶이 결국 소멸로 향해 가는 허무한 도정과 같다면, 그런 이유로 매 순간 불안과 공허와 쓸쓸함을 떨쳐 버릴 수 없다면, 그 '지루하고 무모한' 인생의 길 위에서 언제라도 내 편이 되어 줄 눈물받이 하나쯤은 누구에게나 필요하지 않겠는가. 그마저 없다면 "느닷없는 두려움, 안개같이 스멀스멀 몸 안에 가득 차는 불안한 슬픔"(「Where are you from?」)을 대체 어떻게 견뎌 내겠는가.

추운 인생에서 "감기약만 한 구멍을 만드는 일이 중요"하다고 말하는 그녀에게 그 구원의 "구멍"이란 과연 무엇일까. 구멍은 무언가 은밀한 것을 상징하기도 하거니와, 그것은 기분 좋은 사람이 주는 "애무 한 벌"(「애무 한 벌」)의 "향긋한 친밀감"(「향긋한 친밀감을 위하여」)이기도, 낯선 여행지에서 본 "아이들의 계란색 웃음", "푸근한 살 같은 미소"(「이스탄불 거리에서」)가 주는 의외의 "따스함"이기도 하다. 그러나 정작, 그녀에게 언제든지 머리를 파묻고 울 수 있는 작은 안식처가 되어 주는 것은, 홀로 침대에 엎드려 자신의 희망과 절망에 대해 기록하는, 즉 시를 쓰는 고독한 순간이라고 할 수 있다. 그녀의 가장 은밀하고도 친밀한 공간은, "눈물이 잉크처럼 번지"(「아이라이너가 번진지도 모르고」)듯 자신의 슬픔과 절망을 털어놓는 밤의 침대이며, "투명하게 맑아져 다시 태어나는 나"(「침대를 타면」)를 목도

하는 아침의 침대이다. 신현림의 시는 그 침대 위에서 써진다. 그녀는 "엄마의 유언"을 따라, "살아 있는 최고의 희열감에 젖고, 그 느낌을 메모하"(「엄마의 유언, 너도 사랑을 누려라」)면서 자신의 이야기를 경청하고, 그러면서 삶의 신산한 피로를 다독이는 것이다. 시인은 어떤 시에서 "바보는 방황하고, 현명한 자는 여행을 떠난다"(「난 지금밖에 없어」)는 말을 인용한 적이 있다. 신현림은 바로 자신의 침대 위에서 "세상 끝까지 갈 힘을 얻"(「침대를 타면」)는 여행을 시작하고 있는 것이다.

시를 쓰면 나는 다른 사람이 되고 누군가의 마음을 움직일지 모른다 내 안에 사는 많은 사람들이 중얼거린다 보이지 않던 것이 보이고 들리지 않던 소리가 들리고 소리에 밴 향기를 느낀다 시를 쓰면 시어들이 나를 밀어내며 끌어당긴다 왕릉의 빛을 받고 투명해지는 손, 손 닿는 물건마다 빛이 나듯이 물방울같이 투명해진 마음이 닿으면 책과 의자도 창밖 건물도 부드럽게 움직인다 참았던 비명도 쓸쓸함도 터져 바람 속에 기도 속에 녹아내린다

시를 읽거나 쓴다는 건 살얼음판 세상에 사랑 하나 심고 침대 위에 사과꽃 무성히 피어 내는 일이니 두 번 살 수 없는 생을 시로써 수없이 고쳐 가며 겸손히 다시 사는 고마움이니 인생을 비로소 누린다는 기분이니 깊은 어둠 와인처럼

마시는 시간 침대 타고 달리는 시간 빛의 왕릉이 내 집이 되
는 시간

　　　　　　　　　　　　　　—「시를 쓰는 밤」 전문

신현림이 시를 통해 절절한 자기 고백을 일삼고 있음에
도 불구하고, 즉 그녀의 일상에서 '시 쓰기'가 참으로 중요
한 행위 중 하나임에도 불구하고, 이 시집에서 그녀가 '시
쓰기'에 대해 언급하고 있는 시는 별로 없다. 위의 시가 거
의 유일하다고까지 할 수 있다. 그렇다면 그녀가 말하는 그
녀의 '시 쓰기'는 과연 무엇일까. 신현림에게 '시를 쓰는 밤'
은 자신을 한없이 들여다보는 시간이고, 결국 자신을 찾는
시간이다. "내 안에 사는 많은 사람들이 중얼거"리는 소리
를 듣는 시간이고, "두 번 살 수 없는 생을 시로써 수없이
고쳐 가며" 또 다른 나를 만들어 가는 시간이다. 내 안에
이미 존재하는 빛나는 나를 만나고, 그렇게 함으로써 다
른 나로 살아갈 수 있는 힘을 얻는 시간이다. 그사이, 그녀
의 "참았던 비명도 쓸쓸함도" 결국엔 "인생을 비로소 누린
다는 기분"으로 탈바꿈된다. "침대를 타고 달리는 시간", 즉
'시를 쓰는 밤'은 그녀에게 마술 같은 시간이 아닐 수 없다.
"물방울같이 투명해진 마음"으로 나 자신을 이해하고 긍정
하고 위로하면서 새롭게 태어나는 시간이기 때문이다. 시
를 쓰는 밤, 그 밤은 신현림이 자신을 가장 사랑하게 되는
시간이다.

이 시집은 침대 위에서 써진 시집이다. 일기를 쓰듯 시를 쓰듯, 펜을 든 시인은 화자인 동시에 '나'의 이야기를 들어주는 독자가 되어 있다. 언제 어디서나 자신의 이야기를 들어주는 유일한 사람이 있는 한, 그녀는 고독으로부터 자유로울 수 있다. 자기 고백의 글쓰기가 있는 한, '나'는 "사라져 버리는 당신"(「비누」)을 바라보는 고통도 없이, 오해에 대한 불안도 없이, 충분히 이해받고 위로받을 수 있기 때문이다. 그녀가 바라는 친밀감은 이처럼 침대 안에서 시를 쓰며 자신을 돌아보는 순간의 충만함 속에서 충족된다. 그녀의 말마따나 우리는 "누구나 자기 꿈속에서 앓다 가는 거"(「침대를 타고 달렸어」)일 테니까 말이다. 사실, 독백을 하고 있는 그녀는 여전히 혼자이지만, 자신을 무조건적으로 이해해 주는 누군가가 있다는 자기 위안 속에서 그녀의 상처는 일시적으로 치유되며 그 과정에서 삶에 대한 무한한 희망이 생겨나게 된다. "많은 것을 낮게 하고 견디게 하고/흩날리고 사라지는 삶을 위로하고 치료"하는 '사랑이라는 심리 치료사'(「엄마의 유언, 너도 사랑을 누려라」)는 바로 시인의 건강한 자기애가 아닐까. 물론 이 같은 자기애가 우리의 상처 많은 삶을 치유하기 위한 충분조건까지는 될 수 없다. 시인이, 그리고 우리 모두가 절실히 바라는 심리 치료사는 기적 같은 자기애이기보다는 평범한 '당신의 사랑'인 것이다.

그녀가 아주 평범한 기적을 원해, 라고 쓰자
함께 있어 행복한 기적의 모습들이 몰려왔다
실이 꿰어진 바늘, 케이크 위의 촛불, 아침 테이블 위 국화
꽃, 난로 속 활활 타는 석탄 왼쪽과 오른쪽, 어둠 속에 핀 보
름달, 북과 북채, 돼지 저금통 안에 만나 같은 동전들, 붉은
땅과 나무, 숨결 위의 숨결, 몸 위의 몸, 바위 위의 이끼, 흰
쌀밥 위 파란 강낭콩……
둘이라는 게 얼마나 따뜻한 건지 알기에
다 써 버린 치약 튜브처럼 스산한 그녀
누군가를 그리워하는 마음만큼은 절실했다
— 「때때로 외로움은 재앙이다」

그녀가 바라는 "평범한 기적"이란 "실이 꿰어진 바늘, 케
이크 위의 촛불"처럼 너무나도 당연하게 하나가 되어 버린
"둘"이 있는 풍경이다. 그 풍경은 "아침 테이블 위 국화꽃"
같은 따스함과 "어둠 속에 핀 보름달" 같은 충만함을 자아
낸다. 시인이 이와 같은 "아주 평범한 기적"에 관하여 상상
하고 메모하는 순간은, 자신의 뼈저린 고독을 상기하며 상
대적 박탈감으로 인한 소모적인 슬픔에 빠져드는 시간만
은 아니다. 그 시간은 "누군가를 그리워하는" 절실한 마음
을 키워 나가는 구도의 시간과도 같다. 바로 신현림의 시가
탄생하는 시간.

서로를 그리워하는 마음은 가닿는다
서로를 생각하며 잠이 들고
서로를 기다리는 인생은 행복하다

신에게 가닿기 위한 순례길과
순례자의 춤과 기도를 보며
터키 들판에 널린 올리브 나무처럼
나도 팔이 저리도록 손을 흔들었다
　　　　──「서로를 그리워하는 마음은 가닿는다」

　침대 위에서 시를 쓰고 있는 그녀는 "팔이 저리도록 손을 흔들"면서 완벽한 친밀감을 줄 누군가에게 구애의 손길을 보내고 있다. 신에게 가닿으려는 "순례자의 춤과 기도"가 그렇듯, 그녀의 손짓은 언젠가는 자신과 완벽한 "한 몸"(「실크로드에서 만난 돌풍」)을 이루게 될 누군가를 향한 굳건한 믿음으로부터 배태된다. 따라서 그 누군가를 생각하고 기다리며 잠드는 시간은 고독에 몸서리치는 서글픈 시간이 아니라, 설명할 수 없는 믿음으로 인해 오히려 몸과 마음이 충만해지는 행복한 시간이라고 할 수 있다.

　신현림이 바라는 것은 사랑하는 사람을 기다리던 설렘이 친밀한 웃음으로 되돌아올 때의 기쁨이다. 그것은 설레는 마음으로 나선 여행길에서, 아무도 자신을 몰라주는 낯선 곳에서, 친밀한 미소를 발견했을 때의 따스함과 유사

할 것이다. 신현림은 그 기쁨을 딸과 함께 한 4년간의 여행을 통해 얻었다고 말한다. 그런데 그녀의 말마따나 "마음 먹기에 따라 어디든 굉장한 곳"(「졸리고, 따뜻하고, 쓸쓸한 저녁에」)이 될 수 있다면, 그곳이 쓸쓸한 바람 소리가 들리는 포르투갈의 담수호 앞이든(「포르투갈에서 주운 라디오」), 타클라마칸 사막이든(「누란의 미녀」), 카자흐스탄의 고려인들 무덤 앞이든(「카자흐스탄 우스토베로 가는 길 ― 술기운처럼 번지는 것」), 혹은 시를 쓰고 있는 침대 속이든, 자신을 다독여 줄 누군가가 있다는 이 같은 믿음만으로도 "무거운 노동과 사람과 사람 사이"(「코끼리 열쇠」)에서 살고 있는 그녀에게는, 아니 우리에게는 살아갈 힘이 생겨나지 않겠는가. 그 누군가가 바로 자기 자신일지라도 말이다.

*

고백은 시인에게 일종의 특권이자 어쩌면 굴레이다. 시인은 시를 쓰며, 스스로도 인식하지 못했던 자기 노출의 욕망을 은연중 해갈하기도 하며, 거꾸로 모든 발화의 원천이 자신으로만 집중되는 오독의 부담도 떠안게 된다. 의도의 오류나 영향의 오류를 우리가 모르는 바 아니다. 그러나 실제로 시를 읽고 쓰는 과정에서는 난무하는 여러 가지 오해들이 정말로 오해인지 아니면 정확한 이해인지는 사실 아무도 알 수 없다. 『침대를 타고 달렸어』에서 두드러지는 고백체는 일단 시인이 자신을 드러내는 일에 거리낌이 없음을 보여 준다. 이 시집의 매력은 이와 같은 시인의 건강한 솔직함인 것이다. 그래서 독자는 이 시집에 가득 담긴 갖가지 고백들을 100퍼센트 시인의 목소리라고 맘 놓고 오해하면서 마침내는 충분히 이해하게 된다. 시인의 슬픔과 기쁨을, 그리고 절망과 행복을 말이다. 결국 "행복은 행복하리라 믿는 일"(「꿈꾸는 행복」)이라는 그다지 특별할 것도 없는 시인의 다짐 한마디는, 그 진실함의 농도로 말미암아 시인 자신에게뿐만 아니라 독자들에게도 살아갈 용기를 건네는 결정적 한마디가 된다. 강인하고 현명하지만 의외로 여린 엄마의 속내를 엿보듯, 감상적이고 섬세하지만 때로는 진중한 딸의 속내를 엿보듯, 신현림의 고백을 경청하는 우리는 그녀와 함께 울고 웃으며 '향긋한 친밀감'에 휩싸이며 따뜻한 용기를 얻는 것이다.

본래 자신의 고통을 고백하는 사람들이 원하는 것은 이해보다 공감이고, 의견보다는 수긍이 아니겠는가. 그렇다면 『침대를 타고 달렸어』에 대한 가장 적절한 감상법은 역시나 시인에게 조건 없는 공감과 수긍을 표현하는 일이 될 것이다. 이러한 무조건적인 공감과 수긍을 절실히 원하게 될 날이, 시집을 읽고 있는 독자에게도 분명 찾아오지 않겠는가. 타인의 고통을 말없이 들어주는 것은, 언젠가 우리에게 찾아올 고통의 순간에 따스한 위로를 얻기 위해 보험

을 드는 것과도 같다. 온기는 그것을 내뿜는 사람에게 부메
랑이 되어 돌아오기 때문이다. 침대 맡에서 타인의 솔직한
이야기를 들어주는 일, 그리고 말없이 고개를 끄덕여 주는
일, 그리고 그 속에서 피어나는 내밀한 온기를 긍정하는 일
은 우리에게 살아갈 힘을 준다. 이제 막 네 번째 시집을 세
상 앞에 내놓은 신현림이 원하는 것도 바로 이러한 온기가
아닐까.

신현림

경기도 의왕에서 태어나 아주대 국문과를 졸업하고
상명대 디자인 대학원에서 사진학과 순수사진을 전공했다.
시집 『지루한 세상에 불타는 구두를 던져라』, 『세기말 블루스』, 『해질녘에 아픈 사람』,
치유 성장 에세이 『내 서른 살은 어디로 갔나』,
사진 에세이 『나의 아름다운 창』, 미술 에세이 『신현림의 너무 매혹적인 현대미술』,
박물관 기행 산문집 『시간 창고로 가는 길』, 동시집 『초코파이 자전거』,
역서 『러브 댓 독』, 『비밀 엽서』, 『포스트잇 라이프』 등이 있다.

침대를 타고 달렸어

1판 1쇄 펴냄 · 2009년 6월 30일
1판 3쇄 펴냄 · 2012년 9월 4일

지은이 · 신현림
발행인 · 박근섭, 박상준
편집인 · 장은수
펴낸곳 · (주)민음사

출판 등록 1966. 5. 19. 제16-490호
서울시 강남구 신사동 506번지 강남출판문화센터 5층 (우)135-887
대표전화 515-2000 / 팩시밀리 515-2007
www.minumsa.com